MANARA

EDITION EROTIK

MILO MANARA
PIRANESI
Planet der Verbannten

EDITION EROTIK

EDITION EROTIK

1. Auflage 2003
Alle deutschen Rechte bei
Verlag Schreiber & Leser - Sendlinger Str. 56 - 80331 München
Nachdruck - auch auszugsweise - nur mit schriftlicher Genehmigung
des Verlages.

ISBN 3-933187-86-9

© MILO MANARA

Titel der Originalausgabe: Piranese - La planète prison

Gedrukt in italien bei
LITOSEI srl - Rastignano - Bologna
www.litosei.com

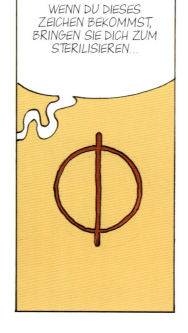

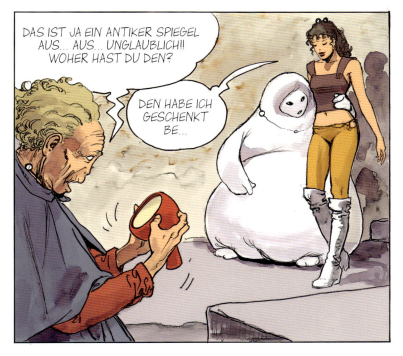

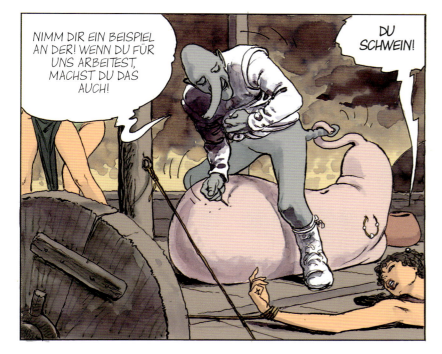

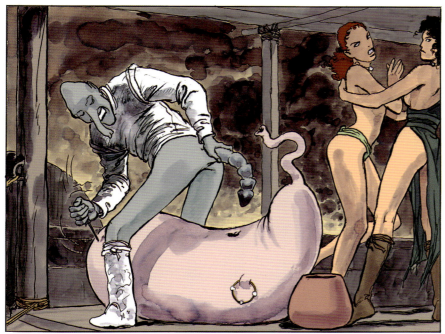
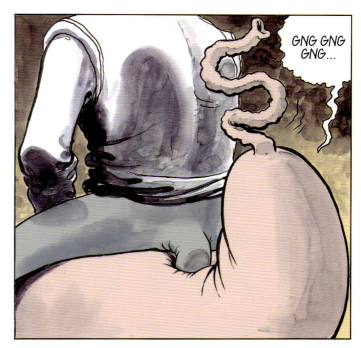

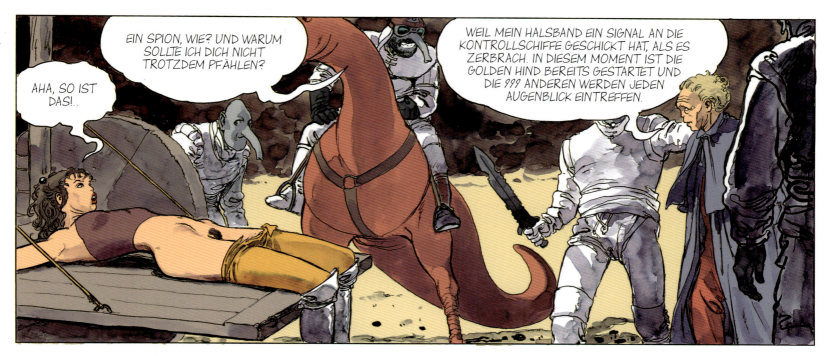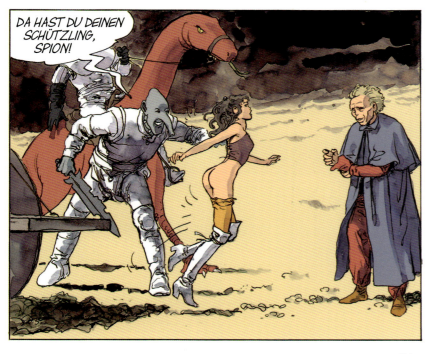

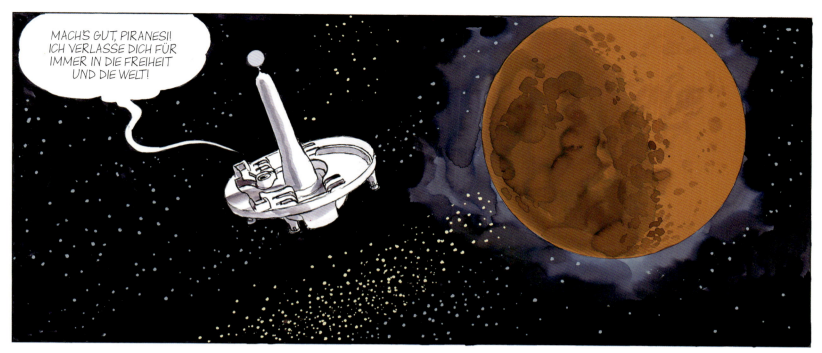

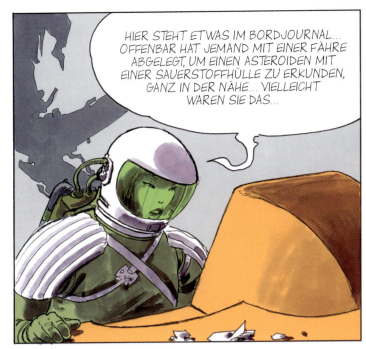

Milo Manara
im Verlag Schreiber & Leser

Der Affenkönig (vergriffen)
Der goldene Esel
Der Schein trügt (vergriffen)
Der Sonnenvogel
Der Sonnenvogel, Luxusausgabe (vergriffen)
Die Phantasien des Manara
Honey
Kamasutra
Mann aus Papier
Mein Museum
Piranesi
Revolution
Venus & Salome
Venus & Salome, Luxusausgabe (vergriffen)
WWW - Wendi Wilma Wanda

Manara/Fellini: Die Reise nach Tulum, Luxusausgabe
Manara/Fellini, Die Reise des G. Mastorna
Manara/Pratt, El Gaucho, Luxusausgabe (vergriffen)

Der Giuseppe-Bergmann Zyklus:

Das große Abenteuer
Ein Autor sucht sechs Personen
Tag des Zornes
Ein Traum... vielleicht...
... zu schaun die Sterne

Die Gesamtausgabe der ersten vier Alben in einem Band
ist unter dem Titel GIUSEPPE BERGMANN erschienen.

Außer Kontrolle 1, schwarz-weiß
Außer Kontrolle 1, farbig (vergriffen)
Außer Kontrolle 2, schwarz-weiß
Außer Kontrolle 2, farbig
Außer Kontrolle 3, schwarz-weiß
Außer Kontrolle 3, farbig
Außer Kontrolle 4, schwarz-weiß
Außer Kontrolle Gesamtausgabe (Band 1 - 3 farbig)
Der Duft des Unsichtbaren
Der Duft des Unsichtbaren 2
Candid Camera
Jeden Tag um sechs, schwarz-weiß
Jeden Tag um sechs, farbig